幫幫我

Sensational
Sex 愛神

愛神傳授五大招數　挑起你的情慾潛能

琳達·松塔格 LINDA SONNTAG 著

英國Octopus Publishing Group正式授權中文版

作者／ Linda Sonntag
譯者／ 全通翻譯社

出版／ 城邦文化事業股份有限公司 尖端出版
　　　台北市民生東路二段141號10樓
　　　電話：(02)2500-7600　傳真：(02)2500-1971

發行／ 英屬蓋曼群島商家庭傳媒股份有限公司
　　　城邦分公司　尖端出版行銷業務部
　　　台北市民生東路二段141號10樓
　　　電話：(02)2500-7600(代表號)　傳真：(02)2500-1979
　　　客服信箱：Gmarketing@spp.com.tw
　　　劃撥專線：(03)312-4212
　　　劃撥戶名：英屬蓋曼群島商家庭傳媒(股)公司城邦分公司
　　　劃撥帳號：50003021
　　　◎劃撥金額未滿500元，請加付掛號郵資50元◎

法律顧問／ 通律機構　台北市重慶南路二段59號11樓

總經銷／ 中彰投以北(含宜花東)高見文化行銷股份有限公司
　　　電話：0800-055-365　傳真：(02)2668-6220
　　　雲嘉以南　威信圖書有限公司
　　　(嘉義公司) 電話：0800-028-028　傳真：(05)233-3863
　　　(高雄公司) 電話：0800-028-028　傳真：(07)373-0087

馬新地區總經銷／城邦(馬新)出版集團 Cite(M) Sdn.Bhd.(458372U)
　　　　　電話：603-9056-3833　傳真：603-9056-2833
香港地區總經銷／城邦(香港)出版集團　Cite(H.K.) Publishing Group Limited
　　　　　電話：2508-6231　傳真：2578-9337

2008年3月初版　Printed in Taiwan ISBN 978-957-10-3807-0
版權所有・侵權必究
本書若有破損或缺頁，請寄回本公司更換

版權聲明
First published in 2002,
under the title Pocket Sex Guide : SENSATIONAL SEX,
by Hamlyn Publishing, an imprint of Octopus Publishing Group Ltd.
2-4 Heron Quays, Docklands, London E14 4JP
©2002 Octopus Publishing Group All rights reserved.

警告
由於愛滋病及其他性傳播疾病流行，
如不進行安全性交，將會危及你和伴侶的生命。

目錄

序

　　真正的性愛是絕對忠貞的性愛。此意謂著，倆人在心靈與身體上都達到了百分之百的釋放、付出及感受。《幫幫我，愛神》將教你如何在五大方向上提高你的性意識，如何將之傳遞給伴侶，並體驗情感與感官的新高點。深入專注於五感，將有助於你協調每一感官，開發它們的潛力，並取得完全的快樂。

　　本書的觀點，係基於古代印度坦陀羅修練的現代改良版。坦陀羅讓人印象最深的或許是其怪異的性體位，這些體位因需長年修練瑜伽，因而未能在當年西方生活中獲得應用。但坦陀羅的單一性及整體性觀點，在今日仍與當年一樣適用。

　　隨著你的心靈及情緒完全與伴侶的快樂和諧一致，性愛不僅是身體的歡樂，也是一種心靈深處及療癒的體驗。開發感覺意識將有助於解放你的性能力，讓自信與快樂融入你的生活。

視線接觸

　　從眼開始。我們看一眼即被對方吸引！還有比一見鍾情更濃烈的愛嗎？本章分析控制我們受特定個體吸引的潛在力量，並說明我們如何無意識地用舉止及穿著傳遞性慾訊息。本章亦探尋各種可採用之方法，以視覺來豐富我們的性生活——在無接觸的情況下，以觀賞達到極度的興奮。

第一印象

是什麼原因讓完全陌生的兩個人一見鍾情？對彼此一無所知，甚至未曾聽過其一言一行，卻兀自興起強烈的認同感？是臉部五官亦或他們的身形？或在於其服飾、舉止？答案即為全部，因它們加起來即符合個人在意識及潛意識上對理想伴侶的要求。

對一個人的印象，大致在初次見面的兩分鐘內即可建立。我們以非專業心理學的方式將接收到的訊息，與腦內廣大記憶庫內的資料整合後，迅速得到對此人的結論。我們依自身認為他們所處社會體系之位置，將他們對號入座列入某一類別。我們甚至假設自己瞭解他們在不同場合將有何種舉動或反應。但我們始終無法以自身的能力對一個人做出完全正確的評判。例如，我們有些人將會經歷與求職面試者的面談，面試者往往在數分鐘內表現出自己的特點與能力，但其表現並非完全符實。

判斷

在現實情況中，多數人依舊犯下以貌取人的錯誤。認為肥胖者較快樂，清瘦者較鬱悶；金髮女郎比黑髮女郎愛開玩笑，而光頭男人較長髮男人有氣概。此僅為少數的案例，但它們仍深深影響著我們生活中的思考方式。但是，如此一來就讓我們失去找到快樂的機會。我們需停下來並思考過去的相關經驗，提醒人類自己相互影響的複雜性。人們常說某些人使其掃興，「我本該相信自己的直覺」。但相反的，許多人卻如此表達其情感—「初次見面時，

我真的很不喜歡他（她），但深入的了解後，我感到非常驚喜」。然而，面對此種見解，我們仍依賴瞬間的判斷。但是，如與別人會面時，為開誠佈公而未能注意對方顯現的身體語言時，那我們也太愚蠢了。例如，有人在街上揮著刀向你走來，我們不會暫停以為他們或許是要回家切肉。有時當下需做出立刻的判斷，但同樣情況下，有時需較長的時間做判斷。在社交場合，我們常有機會做出判斷並對其展開評估。

11

吸引力

現實生活裡，當你向擠滿人群的房間望去時，可能立刻受其中一人吸引，此瞬間或將可改變你的生命，讓你既興奮又恐懼，但這是此生唯一的機會嗎？或或經常出現呢？依我們所見，曾有多少受自己潛意識影響的經驗、感情經歷及期望所渲染呢？

理想中的伴侶或許存有某些外在條件，使我們想起遠方所愛，或愛過但又失去的情人；或許是他們的談話，或是將髮絲撥離眼睛的手式，或僅為其站立之姿態。或與陌生人同處一室時感覺某種舒適，且不期而遇讓我們感到莫名熟悉的人，或注視的人，符合你對理想伴侶的標準。在歷經時間與種種經驗之後，那個他（她）逐漸在你的心中演化而成。

據說有些女孩會選擇和父親相似的男孩交往，而男孩則選擇與母親相似之女孩。這論點雖然過度單純化事實，但亦反應某種真實。我們易受熟悉的人吸引——或許是源於我們成長時期對某個產生重要影響人士的個別回憶，無論此種影響是好亦或壞。在後者中有絕佳之例證，如童年受到父親虐待的女孩，在長大後通常會與有虐待婦女傾向的男子交往。這是一種自毀行為，但由於她們在生長期時對性關係的認識包含此種虐待，因而受到期待。

期待

「期待」是出現一見鍾情時的關鍵詞。在擁擠的室內看見某人並對其產生期待，進而做出評斷。我們可能因其穿著得體，而認為其有教養；因其頭髮染成紫色及橙色，而認定他們是行為怪異或思想自由的人。假如『教養』或『思想自由的人』符合我們的吸

引力「核對表」，當有機會與他們交談卻使得這些幻想破滅時，最初的吸引便將消失的無影無蹤。

　　若我們注視的人走過來向我們問好時，我們的期待將有可能實現，愛情的花苞有望盛開。慢慢地，隨著持續交談，我們開始感覺兩人擁有甚多的共同點，這些共同點或許包含雙方朋友皆未在場。我們亦可發現對他（她）社會背景或經濟地位的評價正確無誤，且常與自己相似，這種情況並不會如最初出現時那樣令人訝異。心理學家及行為學家告訴我們手勢、姿勢、動作及表情始學於童年，而讓我們無意識地感覺最初的判斷，所依賴者正是它們。

視線接觸

若我們詢問別人身體情況而他們回答「很好」，通常我們能從其回答——即使是在電話上，分辨出真實情況。當某人站或坐在我們前面，不僅其回答的聲音——愉快積極或猶豫沮喪——可證實或否定其答案，且透過雙眼同時接收可增強或降低此印象的訊息。理所當然，它係取決於我們對相關者的興趣。有種說法人盡皆知——「最瞎莫如視而不見」。

「眼睛是靈魂之窗」是一種老掉牙的說法，但如同所有老掉牙的說法一樣，它反應了強而有力的真實。與戴墨鏡的人交談，無論時間多長，皆會令人不安。即使他們僅蒙住眼睛，仍可限制我們與其交流之能力。

所有人都會對別人使用眼睛的方式做出反應。一個目光無法保持與他人接觸的人，或許對某事感到害羞、不安或心虛，而盯著別人看的人將會被視作無禮、敵意或甚至是威脅。而在其他身體語言開放而友善時，長時間的視線接觸則具有相當的吸引力。眼睛瞇著，常伴隨眉頭緊皺，則其表示生氣與不高興。睜大眼睛則表示極大的快樂與興奮。

眼的魅力

　　眼睛本身會說吸引的語言。眼光迅速飄走又回來，特別伴隨害羞的睫毛顫動時，或許是誘惑。緩慢眨眼，漾著瑪丹娜式的微笑，或許是性挑逗。

　　眼睛反映性格或心情之方式得到言語的增強。我們說眼睛飄移不定，或忌妒得變綠，或眼大無邪，及寢室眼（情慾的目光），做綿羊眼（愛慕的目光）及拋媚眼。女人對男人眨眼可視為公開的性誘惑。不過，當男人對不認識的女人眨眼，並伴隨其他挑逗的身體語言時，眨眼常成為過度強烈的誘惑而反遭拒絕。

　　性興奮以直接的身體反應——瞳孔擴大顯現在雙眼上。在十八世紀，義大利女人將幾滴植物顛茄放入眼裡，因其具擴大瞳孔的功效，從而使其更為性感。柔和的燈光有相同的效果，此為蠟燭象徵浪漫的原因之一。

　　當與陌生人會面時，視線接觸是第一類反應。我們迅速瞄過他們的臉，對眼及嘴尤為注意。如他們主動伸手、略微傾身，與我們握手用力且並無不適情形，同時低著頭，眉開眼笑，如此我們感覺愜意輕鬆。相反，如他們向後退一步，頭頸僵直，簡單點頭且眼睛眨也不眨、雙唇緊閉，多數人將感覺不舒服，他們的身體語言表現出完全沒有與我們交往的意願。

身體語言

莎士比亞在《特洛伊圍城記》中寫道：
其眼、其頰、其唇能言，
不僅如此，其足亦能言；
其放蕩之靈關注著
其身體之每一肢節與慾望。

當兩人會面時，如事情進展順利時，他們的身體語言會增強正面的相互影響。談話時——或許他們剛開始的表現有點猶豫——他們將會保持較長時間的視線接觸。他們的手勢開始加大，如有時間，甚至會表現出佔有慾。例如，一個男人正對著坐在餐桌左側的女人說話，隨著談話熱烈起來，他會屈身面對著她，一雙手臂放在桌上作為對右側之人的掩飾。

同樣地，當一對經人介紹的新人在酒吧會面時，最初兩人之間會產生無形障礙，此障礙或許會因將杯子移入對方的位置而逐漸消失。接著或許兩人會靠得更近，或輕聲交談，邀請對方再靠近一點。

隨著吸引力提昇，身體語言變得更加生動。他們面對著對方，睜大眼睛，揚眉，張口微笑或大笑。他們仰頭，露出頸部及咽喉。手臂更加放鬆，不再掩護著身體。他們頻頻點頭，鼓勵對方繼續交談。他們甚至挑剔地談論室內其他人，把兩人當做是一對情侶。同時，找出對方贊同或反對的原因。之後，隨著兩人對彼此的瞭解，心情變得更興奮，談話更輕聲而親密，並開始觸摸手臂、以臂攬腰、親臉頰，最後，第一次親嘴。

性暗示

當原始社會由採集果菜的遊牧生活轉變成依賴於狩獵時，男性身體得到了發育並進化以應對更艱難的要求。

現代的男人仍反應著這些變化。男性的身體比女性龐大、高且肌肉發達。頭骨及頸部抗擊力較強。男性雙肩較寬，可產生力量及負載能力，胸亦較寬，而大的肺活量將有助於體能的發揮。手腳更強壯，有助搬重及跑得更快。男性的身體，在過去與現在，皆扮演著供養與保護人類種族的角色。

女性身體的進化，使其易於生育而非造就狩獵與戰鬥所需的速度。骨盆寬而略微傾斜有助於生育。臀部與大腿的特殊脂肪及較長的腹部，為懷胎提供了必要的力量，增大的乳房及乳頭則為了幼兒而發育。

男女性特徵的其他差異，與進化及過去的需求無關。他們存在於廣告中的性別。男性身體通常較女性多毛，儘管失去頭髮常導致以後產生禿頂現象。男性的喉結較女性突出，且在青春期後聲音低沈。女性的身體一般較男性有較多的脂肪，且整體外觀較圓渾，特別是肩、乳房、臀及膝的周圍。

在歷史上的某個時段，服裝樣式凸顯了身體不同部位，將兩性區別開來。對於男人，遮陰片注重胯部的突出，墊肩突出結實的肩部，而對於女人，腰墊突出臀部，束腹修腰而使乳房更突出。相反，在二十世紀20年代，因女性取得之前僅由男人欣賞之獨立，為掩其女性身形，不分男女地落腰、平胸及臀線等所有能做的都做了。

脫衣

看到伴侶的裸體既可使你興奮，亦是一種撫慰。因裸體代表的不僅是脫掉衣服而已，亦褪去兩人之間的一切障礙，開始進入兩人相互感覺之最單純之境。初次在對方面前脫衣時，慾望、好奇及渴望可能會受到擔心儀表不佳的困擾，或許是導因太胖或太瘦。由於頻繁的受到廣告中完美體形的影響，許多人常感覺到自己形體不夠好。但身體是人的房屋，它以無數獨特的方式表達了個人的美感與慾望。

需慢慢研究情侶皮膚的質感，瞭解其各種特徵，胎記及疤痕。看其頭髮自額頭生長的方式。沿其肩、胸、腰、臀及大腿的輪廓而直至瞭解其胸形。握其手腳；驚訝其血管及骨骼，驚嘆其耳垂及肚臍。注意情侶的舉止方式。在亢奮的各個階段仔細瞭解伴侶的性器官。

許多配偶在做愛時將衣服全部脫掉，但偶而在慾望難忍時，僅脫掉一半衣服，如此一來反而更加刺激。故意半裸的狀態與在床上一樣令人興奮。在東方習俗中，有些婦女喜歡戴著首飾做愛。如此對你分外具有吸引，但需僅記在劇烈翻滾中，任何尖硬的東西都可能造成傷害，耳飾也容易被勾住引起疼痛。

　　身體像勺子一樣蜷起或僅為接觸時在一起裸睡，有一種美妙的感覺，無論有無做愛。但有時在一陣熱汗淋漓的做愛後，皮膚緊密粘在一塊會感到不適。薄棉或絲質襯衣可使皮膚光滑而不致失去親密感，寬大的睡衣則會破壞親密感。當你半夜或凌晨醒時，切勿錯失仔細觀看伴侶睡眼惺忪的機會。

走出戶外

一起裸體的場合大可不必局限於室內。不妨觀賞伴侶泡澡或淋浴，看著他（她）用肥皂擦身或洗頭。浴室是放鬆的好所在，可以喝酒及談論當地所發生的事情，無需更衣，可穿上睡袍吃晚餐。在桌邊目睹伴侶幾近裸體並準備上床，對你極有吸引力。或脫光衣服在爐火前用餐，坐臥於沙發上，像古希臘及古羅馬人過去常常如此做的。可在以下場所計劃一次裸體的野餐：偏僻竹林、划艇上或隱蔽的彎處——一處可讓你們在陽光照耀下裸泳做愛的地方。嘗試裸舞或為彼此脫衣，在跳舞時親吻做愛。

裸體主義

有些人無法滿足僅限於室內的裸體。裸體營可提供理想的解決方案：在這裡，營隊的活動係以裸體進行。有些活動可以裸體進行，如瘋狂打高爾夫或在超市內推車，有些人可能感到怪異，但對另一些人則是一種吸引而高度享受。有些裸體營是以家庭為場所，但如果你想加入，萬萬不可強迫你的孩子參加。生長期的孩子經常受父母的裸體困擾——你對自己父母的裸體會做何感想？如父母不願當眾裸體或對你的動機感到不自在時，亦不可勸誘父母加入。因為，脫或不脫係為個人的自由選擇。

觀看

大多數人會因色情場面而興奮。或許是聽到隔壁有人做愛，或在竹林子裡意外發現情侶在做愛。假使看見情侶手淫，你將如何感覺？你會吃驚、生氣於其無法滿足於你？或是讓你興奮？你的反應或許統統都有。

照常理判斷，手淫或自慰決不會減少愛及親密配偶對彼此的了解，而是一種延伸。例如你準備分享它，它可讓你加快速度走向極度亢奮。且當你與伴侶其中一方無法同時獲得高潮，手淫或可成為指導性的體驗——它可豐富你日後性生活的體驗。

觀賞是一種找出如何使伴侶融入的可靠方式。儘管許多婦女對性輔助用品不感興趣，但仍有些人覺得假陰莖的插入，或使用振動器讓她們感到興奮。特別是用在性器官周圍的潤滑膠或油（如杏仁油）刺激陰唇及陰蒂，使手指可自由地滑動，並有助於放鬆一開始被觀看時所產生的緊張。此外，使用眼罩也有助於集中精神並消除因情侶間出現在室內所造成的分心。

女性手淫

女性手淫或許開始的比男性晚，但一旦她們開始在伴侶前手淫時，通常已經發現這是最愉悅到達高潮的方法。有些人喜歡趴下；有些則喜歡躺下；有些人喜歡將雙腿張得很開，而有些人則喜歡大腿緊閉。無論喜歡何種姿勢，雙手輕輕滑過腹部，手指輕移過陰毛並接觸陰唇，特意緩慢地移動——但並非與時間競賽。潤滑整個陰戶，打開陰唇有如花瓣一般。當一切準備好時，用手指以不同撫摸方法體驗——中指較有力量及控制。陰蒂變硬紅腫，加上陰道內的溫濕，是極度興奮旅程的開始。在找到自己的完美節

奏後，將之持續並提高興奮。至此，你或許喜歡用另一手撫摸整個性器官周圍，或乳頭。有些女人喜歡插入假陰莖用來增加高潮。

男性手淫

男性手淫曾被視為罪過，是內心隱藏的羞恥。它應被視為走向自我接受的台階，且在伴侶觀賞的情況下，這是內心秘密的極大表露。切勿急躁，在愛火中享受自己。

首先用雙手摸遍全身，接觸所有敏感部位。慢慢下移至腹部上，手指滑過陰毛。一手滑下腹股溝並撫摸會陰（肛門與陰囊之間）、陰囊及睪丸。按摩會陰可使前列腺受到刺激而興奮，且假如你需要較長按摩才會達到興奮，此動作尤為有效。

坐著背靠牆，使你可輕易接觸此些部位。你的動作越快對會陰的撫摸力道越大，興奮就會來得越快。例如肛門是你撫摸的重點部位，可在上面多抹些油並用一指輕輕插入。但因肛門的表層極為脆弱，請確認你的指甲乾淨且短，務必注意在過程保持衛生。潤滑整個性器官部位，包括陰莖。最初輕握陰莖。以一手握住，另一手手指自根部而上，過脊至末梢。手上下移動，撫摸、拉拔。體驗不同的動作與按壓力道。特別要注意敏感的龜頭及小系帶。如果有需要，可在陰莖末梢多抹些油，並以固定的節奏繼續先前的刺激方法，直至到達高潮。

觀賞他人

許多人觀賞別人性愛就如同自己做愛一樣感到快樂。在圖片無意貶低或傷害的前提下，女人與男人同樣會因性愛圖片而興奮。例如與伴侶觀看他人做愛的圖片或錄影帶使你們興奮，不僅可將其視為你們的性愛時間裡的新鮮體驗，也能將其作為讓彼此更開放的媒介，並朝更多的可能開發。一般的交談較圖片更具刺激效果，因此你們可依次朗讀色情故事，或可自編故事來讓伴侶興奮。幻想要比色情影片的內容更加流暢，許多色情電影的情節及表演過於牽強，它們較可能引起厭煩及嘲笑聲而非激動。當然，假使你感覺色情內容入侵你的隱私感，就不需考慮使用了。

自偷看他人性愛而非自己的性愛中得到刺激的人稱作窺淫癖者。有些人既喜歡自己性愛，亦喜觀賞別人性愛，此亦為窺淫癖的一種形式。在世界某些地方，觀賞性愛被當作一種自然行為，特別在入會儀式上。在此情況下，性成為公開活動，由部落成員甚至是同一家人快樂地觀賞而不會感到尷尬。相同的，觀看性愛必然會

將做愛當做一種表演並破壞性愛的隱私性。有些人喜歡如此，但有些人卻完全不能接受。建議在嘗試此方式前，請確定你與伴侶均對此做好心理準備，如僅有一方想要參加，則不可做此動作。因為在你的性愛關係中勉強他人，無論在何種性愛的程度，均會引起難於去除的忌諱與不安。

觀看自己

許多人對觀賞劃清界線，一些是藉由自己觀看自己得到了許多歡樂。在臥室內裝大鏡子的好處是你可看見一般僅能感覺與想像的一面。兩人均可同時見到對方的臉及性器官——這一般來說都是認為不可能的。看到做愛時的你容光煥發，可大大地增強你的自信。

在鏡前做愛是一種具啟示作用之精神歷程。鏡子在眾多文化中被視作知識與真理，純潔與靈魂之象徵。在中國，它象徵和諧幸福的婚姻。在阿富汗與巴基斯坦，訂婚夫妻第一次見面需使用鏡子。兩人自對門走入房間，並透過懸掛於遠處牆上的鏡中對望。這樣的做法被認為他們有如在天堂中會面，看到彼此的臉，端莊而非像日常生活之倒轉。

當然，許多人對自己的隱私出現於鏡中而感到不快，他們認為鏡子暴露了臥室的隱私，看起活像個大賣場。性愛和其他的事情也是一樣，必須做的都是兩個人做愛做的事，但嘗試去做一些新鮮的體驗並無害處。

性愛化妝

性感服裝對穿者的個性及其身體的表示，與它們所掩飾的同樣多。穿著貼身的衣服並突出體形是男女傳遞性訊號的方式之一。穿著性幻想衣服的性愛著裝，會用表現出部份個性的方式來吸引對方，他們一般不會將此個性表現出來。

女人一般喜歡穿性感並得到伴侶讚賞的衣服，但有時你會擔心床上的男人正在與你的長襪及吊褲帶嬉玩而非與你做愛。幻想僅用於遊戲時間，不應帶進日常生活中。如男人喜歡伴侶內褲擦著其皮膚的感覺，早餐時指責他成為異性癖者並不公平。那樣做只會打擊他的信任，並讓其抑制。相同之，伴侶關係的攻擊性與失望不應在幻想時表現出來，幻想只能在感情上表現，並需在更多層次上被當成美夢。生氣及暴力會讓美夢破碎，並可能對被你有意定位在脆弱位置的伴侶造成嚴重的傷害。

性感的鞋子

性感的鞋子是化妝的基本部份。精緻有帶子的拖鞋加上塗抹指甲油的腳趾甲、用於閨房而非路上使用的奇異便鞋、舞蹈的紅鞋子、長統皮靴及細高跟鞋在你的幻想衣櫥內皆占有一席之地。

為何男人見到女人穿高跟鞋會產生興奮？有些人是因他們願意被穿著釘鞋的高大女人嚴苛地對待。它使他們回到結合興奮與懲罰的童年。但多數人是因高跟鞋讓女人身體的線條愈加明顯。為平衡因腳後跟引起的前傾，女子須拱著腰，因而將乳房及腹部挺起，且亦有突出腰及臀的效果。腳後跟抬起時，小腿肌收緊。穿著細高跟鞋的女人步履蹣跚，使身體曲線蜿蜒行動，呈現出脆弱及性感。

除了高跟鞋還有其他具有性吸引的特徵。腳推入鞋本身就是一種性感訊號。灰姑娘以此與王子結合絕非偶然。醜姐妹的腳太大，穿不下玻璃鞋，而是在另一版故事中，其中一位姐姐將其大腳趾切掉試圖穿上玻璃鞋，一個明顯的自殘顯例。

鞋邊鑲毛或裝有毛絨球是陰道與陰毛的象徵。灰姑娘的玻璃鞋由不協調的玻璃製成，係因原稿的抄本錯誤，原來並非寫成玻璃而是毛，而毛較恰當且易於穿上。

有帶子及帶扣的鞋暗含束縛，而顯示女人腳的拱形或其腳趾「乳溝」的鞋，令人想起既遮又掩乳房的胸衣。雖然很少男人是真正的戀鞋者，鞋的性潛能對所有人產生作用，並可被應用在享受當中。

口舌交歡

　　讓你的熱情在本章中加速前進，盡情享受伴侶的香氣。學會如何自接吻中獲得最多，接著漸漸以舔、吮、咬及吹給伴侶全身的口按摩。進一步開發你唇舌的控制力與敏感度，並品嚐最極致親密的口交歡樂。在日間或夜間，任何時候皆可以催情藥物或食物增強你的慾望，達到縱情之巔峰狀態。

接吻

在現今許多社會，與他人嘴唇接觸作為問候、告別、友情、愛及性慾的行為，是一種普遍習慣，儘管並非全部社會皆如此。雖然早在九世紀日本的色情藝術即對接吻的快樂做出陳述，許多東方文化在西方人進入前，並無此習俗。直至十九世紀晚期，中國人仍恐懼地迴避口對口的接吻，似乎被視為一種人吃人的形式。

在原始社會裡，母親為協助嬰兒消化，將食物嚼碎並口對口地餵入嬰兒口中。嬰兒會以其舌找尋食物，故滲透的口接觸加上呵護成為早期的結合。

分析口對口接吻的心理學家及人類學家撰文認定它是早期進食習慣的遺留物，它接受任何營養美味的東西。現代情侶常難以抗拒以舌吮、吻、推甚至咬來享受對方的慾望。古埃及語的接吻譯作「吃」，實際上吻的感覺與吃相同──嚐、聞及接觸。三者之中，味覺最常於詩或情歌中暗喻。最遠追溯至聖經之《所羅門之歌》，我們即可發現：「君之雙唇宛若蜂巢……舌下滿是蜜奶」，以及：「君之上齶，有若美酒……」。

與做愛其他所有方面相同，接吻需要伴侶去探索與發揮。唇與口生來大小不同，並非只因你覺得彼此有吸引力，而是你們的嘴會較吻合。果真如此，其或許是大自然的獎勵，亦或你們其中一人或兩人皆是接吻專家。接吻是可以學習的藝術，以舌猛烈推下咽喉，以唇用力下壓被誤認為壓力等同熱情，但不可用隨便而掃興地的方式親吻他人，開始潛在的性愛關係，不能只將重點放在接吻上。

通向慾望之嘴的途徑

口腔衛生至關重要。乾淨的牙齒與齒齦及經常接受牙醫檢查是奠定甜美呼吸的基礎。兩人吸煙時煙垢及煙味令人不快,但假使只有一方吸煙,吸煙者則需要特別注意漱口及嚼口香糖的必要。

辛辣的食物,特別是大蒜應儘量避免,除非兩人一起食用——特別在發展關係的初期。嚼食香芹、豆瓣菜或薄荷在危急時也有助益。

唇較柔軟,在天氣惡劣時可塗上唇膏或唇霜以保持平滑及防止唇裂。添加香味的唇膏可增加興奮的吸引力且不會產生汗痕,而

一些唇膏在受熱時會產生汗痕。

有鬍鬚的男人需保持修剪──以防搔癢，或避免接吻時刺入對方的鼻內，造成極大的不快。記住炫耀鬍鬚並不排除使用精緻的古龍水或男用洗液，因為乾淨的體味，也同樣能令人興奮。

熟能生巧

接吻常在迫不急待的性器官結合中被忽略。然而非刻意的親吻幾乎難以抗拒，並得到最溫柔的滿足。在反對婚前性行為，或具有性意識而未成年的伴侶往往在忍住不「繼續往下走」的情況下，以接吻度過了數小時。反之，關係長久的配偶，其親密感已經消退，在性交時幾乎不接吻，凸顯他們已失去親密感。

因此接吻本身即是一種快樂的性感體驗，或是高度興奮的性愛前戲，但要自何處開始？

首先確保兩人均感舒適。斷背曲頸猛吻在電影裡看來似乎相當浪漫，但實際上它並無法持久。開始時先凝望著伴侶──真誠地看著她。接著你將用從未有過之方式親吻她。以雙手托住她的臉，輕吻額頭，向下至鼻並輕吻眼瞼。放鬆對方的身體──親吻隨愛撫進行而提高。雙唇輕壓其唇，最初慢慢吮其上唇，接著下唇，然後溫柔地分開。

舌頭輕緩地在自己的口裡自一角滑至另一角，接著在伴侶的唇內重覆相同動作。你的舌在其嘴裡輕拂，感覺其反應，並依據伴侶反應變換親吻技巧。

親吻身體

就像唇舌向性器官發出化學訊號一樣，身體其他部位亦是如此，成千上萬神經末梢的皮膚，期待被喚醒、享受。有些身體部位幾乎始終渴望親吻——嘗試親吻伴侶頸背、耳及上臂。手亦是經常被忽略之敏感部位。自然無拘束地伸手接觸伴侶，或許是在廚房或經過樓梯時。在溫馨的性愛關係中，不可以為性接觸設定時間及地點的規則。

如果可以，騰出時間一起共度。對於調節心情的前奏，以放鬆或刺激的精油（參閱54-59頁）舒適地沐浴。關掉手機並走進溫馨的房間。蠟燭發出足夠的光線並在裸露的皮膚上照出令人興奮的影子。你可點薰香或播放輕音樂，在觸手可及的地方放置新鮮食品，可放置在身體上以唇吃掉或以舌吮掉，不得過度深入或弄亂。簡而言之，要佈置出一個浪漫安靜的場所。

自何處開始

一開始用雙手輕滑過你將要親吻的位置。背部及臀部甚為敏感，親吻頸背並向下滑走。充分使用你的唇、舌及鼻，以口吮及咬，並以鼻輕觸，吸入情侶的體味。且要注意從對方身體部位的反應，去確定它們是否特別會有反應。另外要避開較怕癢的部位，並集中在日常生活中較少接觸的部位——大腿內側、膝背及胃折線。其實並沒有所謂的禁忌部位，男女均喜歡其乳頭被舔、吮及親吻。這取決於你們以溫柔和敏銳的態度去探索彼此的身體。

親吻身體是透過親膩聯繫內心世界的方式。但假使你們兩人皆喜歡，親吻身體也是口交理想的前奏。

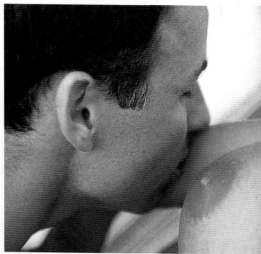

口交

　　口交或許是所有性行為中最親密的方式。陰莖可於伴侶未曾看見對方之性器官的情況下實現插入陰道，但坦言之，這種情況非常普遍。

　　我們已對潛在性關係（或許為第一次性感覺）之觀看的重要性進行評估。引發第一波的吸引，常始於注視著某個人。我們看著、愛慕著他們的雙眼，他們的微笑，及他們的體形，因而完整結合之性接觸，何不欣賞他們的性器？看著陰莖或陰蒂隨著你的嘴給予之快感而勃起，對許多情侶而言是通往性極樂之道。

　　對於需要兩人完全的信任與信心的口交，有些人擔憂口交時的危險性。男人特別擔心陰莖無意中被咬傷。另一個兩性共同的擔心，是其伴侶或自身不喜歡此種親密的視覺、味覺或嗅覺。別無其他原因，只要給予關注，這些擔心都將會逐漸減輕。

　　在開始嘗試性活動時，當此特徵為進行中出現的部份但在以前並未出現時，討論它並無不妥。在提出可能增加性生活的討論時，性愛手冊及錄影帶將可以發揮很大作用。因擔心新的嘗試有些怪異而不敢讓伴侶嘗試時，男人與女人均會對此感到內疚。這不需特別說明，此非為針對某人施壓而讓其感覺而沒有控制的嘗試的時機。任何討論均應以詢問別人的感覺來開始。他們是否在某一方面有強烈感覺？如果不是，是否想要嘗試？一切性活動的目標，應讓你及伴侶非常自信地給予或接受快樂。

　　在做愛的各層面中，身體應該保持清潔，且此點對口交尤為重要。愛液的味道對許多人來說相當刺激，但未清洗的臭味則會刺鼻。未做過包皮手術的男人更應注意包皮下的部位，如不經常

清洗可能繁衍細菌。因此在假設兩人的口、咽或性器官均未受到感染的情形下，建議口交前需先行清洗上述談及的部位。

完全放鬆對歡愉的口交極為必要。絕不可用匆忙或勉強的方式進行。有些情侶倡導69式，兩人頭對著性器官臥著同時口交。另一些人則覺得無法忍受此種方式，他們較渴望專注於自己的快樂。

讓女性快樂

舔陰是對女人進行口交之技巧。男伴開始時，應自口下撫摸或親吻女伴身體，或臥於女伴雙腿間，剛開始是親吻、舔或鼻觸及其雙腿或大腿內側，用其雙手撫摸女伴大腿外側。

手滑過她的腹股溝並輕撫陰毛。其大腿將隨著昇高的興奮而分得更開,露出內外陰唇。慢慢做並在必要時用手指,分開陰毛並找到陰蒂。輕吮陰蒂。如保護層提高,感覺或許會太強烈。緩慢持續,或以一雙手指插入陰道刺激。接觸以唾液潤滑陰蒂周圍,繼續以舌舔。依其反應來變換速度與姿勢。

與陰莖相同,陰蒂會隨興奮充血漲起,但陰蒂較複雜——在早期階段舌的錯誤動作能將興奮推回起點。如以特別的節奏進行,除非反應不佳,不然大可繼續保持此節奏,引導其至高潮點。如興奮度稍降,撫摸身體其他部位,接著返回並再次加大推力。

使男性快樂

女伴開始時,應親吻及撫摸身體其他部位,慢慢向目標地帶移動。在抵達陰莖前,觸摸親吻其大腿內側、睾丸及陰毛。將陰莖放在一手或兩手內,用舌輕自根部輕滑至龜頭。舌拂過陰莖頂部及下側,特別注意敏感的龜頭及小系帶。重覆此步驟,用唇做輕吻動作。

將龜頭滑入口內,注意用唇並防止牙齒觸及。深吮龜頭同時用舌在陰莖脊周圍、上面及下面活動。

如伴侶擔心哽住,男子不應抽插。不過,應可接受慢節奏的輕搖。如有任何疑問,男人應保持不動而其伴侶頭部上下移動。此外,在對陰莖使用手摩擦時,女子可用唇舌。吮陰莖可在射精一刻進行。不過有些婦女討厭此種做法。欲克服此做法,可以停下,並用手將伴侶帶至高潮或換成性交。

但是,許多女人喜歡在口中將伴侶帶至高潮,並特別喜歡熱液的味道。有些人甚至想到精液對健康的好處。

催情藥

催情藥之名取自希臘愛神阿芙羅狄蒂，被視為可刺激性慾的藥物，亦可用於消除疲勞或在性愛中提高快感。

在一些文明中，高營養食物被視為最可靠之刺激物，且對於飲食水準較差的人確實具有較好的效果。希臘人喜歡蛋、蜜、蝸牛及貝殼類，如貽貝及螃蟹等。在《香園》書中的一個阿拉伯配方中，推薦連續三個夜晚於就寢時服用一杯濃蜜、20個杏仁及100顆松仁。另外在此書中亦有配方係適於外用，《香園》作者建議可以駝峰的融脂、蛭末、驢鞭甚至熱松脂摩擦陰莖，如此可「使小陰莖變大又漂亮」。

中國人的方法則更科學。他們調配植物根粉，還為其取了有趣的名稱「禿雞丸」。此名稱源自於一名年逾古稀的官員定期服用此藥後，在夜夜笙歌之餘，又連生三子，導致其妻無法坐臥。因而他被迫將藥扔至院外，公雞啄食此藥後，隨即趴於母雞背上，連交數日不止，並持續啄其頭毛以保平衡，直到母雞頭頂毛被啄光，公雞方才跌落。發明藥丸的人聲稱假使連續服用此藥60天，男子將可滿足40名女人。

「角」的誘惑

另一個中藥配方係混和海藻粉及在初月屠殺的白犬肝汁。將此藥塗抹於陰莖三次，隔天清晨即以清水洗去，據說可使陰莖增大7.5cm（3英吋）。在增大「玉莖」尺寸補充療法，可給女人收縮粉以使其「粉穴」收縮套緊陰莖。另一種中國配方是「鹿角散」，以專用於預防陽萎的鹿角粉所製成。

　　長期以來各種動物的角形如陰莖，常被認為具有壯陽的功效。但長遠以來對犀牛角力量的崇拜，已經使非洲犀牛瀕臨滅絕。實際上，最初的陰莖形角屬於麒麟——此種類馬動物系白色狂野雄性動物。它的額頭上突出一支紅色的尖角，這是具有神力之長角。捕獲麒麟唯一之道即是讓一名處子坐於其巢穴附近的地上，神獸嗅至其香味，接著將頭投入其膝內並入睡。

　　半個世紀來，此種強烈的象徵意義刺激人們對由動物的角所製成的催情藥需求。動物

角包含類似於髮甲的硬纖維組織，和其他動物角相同，犀牛角含有蛋白激酶、礦質硫、鈣及磷。補充這些元素將可使食慾欠佳之人增強活力，但是一塊乳酪三明治也可取得相同效果，而服用犀牛角粉卻會讓犀牛的數量逐漸減少。

愛的食物

彼此對計劃及結果的相互期待是準備催情餐時的樂趣之一。一道散發性刺激的膳食應具備精緻的外觀，優雅的吃法，且可在林間的毯上、床上、浴室或點著蠟燭的桌上用餐。你可以嘗試讓你的想像狂放不羈、脫離常規及做飯與吃飯的每日生活慣例。

例如，膳食並非需要十分平衡、綠色蔬菜或在特定時間進食。你大可在凌晨四點喝酒，在中午後喝杯香檳，吃些蚵或在早餐吃掉許多甜品。假使你如此選擇的話，其實目的只是打破舊有模式，讓一切依照你意願而做罷了。吃催情食物也是任意地體驗感覺快樂的一部份。

性愛香味

人的自然體味會令人興奮。人們常喜歡用人工香味來掩飾自然體味，但其實它才是最原始的吸引。本章探索性愛香味——人的資訊及其在性交中所起的主要作用。不過，自然的香味指的並非是我們自己的味道，它可在做愛中產生積極效果。例如，你可以使用香料按摩來營造誘人的氛圍，達到放鬆興奮的狀態。

性香味

　　人類的味覺對科學家而言仍舊是一團謎。每一個鼻孔約存有一千萬個嗅覺感受器，每片感應器約郵票般大。這些感受器是身體唯一直接暴露在空氣中的神經，左鼻孔的感受器向左半腦（邏輯）傳遞訊息，而右鼻孔則傳遞給右半腦（直覺）。故味道由左鼻孔辨別，而右鼻孔做出情感的描述。五感中味覺的感應速度最快——僅需半秒即可區分正飄於鼻下的味道或浮現在腦海10,000種味道中的哪一種，但事實上人類的味覺究竟是如何做到這一點尚未獲有效證實。

　　大腦內負責味覺的部位係位於邊緣地帶。在遠古時代，味覺遠比今日重要，且更廣泛使用。為了生存，人類遠祖十分依賴味覺——如嗅出敵人及獵物的味道。直至今日，味覺仍在協助我們識別危險，例如當食物腐壞或火災，但相較之下更經常用於享樂。在身體和家中使用的人工香味掩蓋了我們自然的體味，隨著人類的進化，大腦內佔有重要控制力量的味覺，影響層面已經擴大涵及情感、性行為、知識思想、創造力、記憶、饑渴及體溫，也解釋了人類的味覺為何與所有這一切的關係如此密切。

　　普魯斯特的史詩小說《追憶似水年華》係由一件看似微不足道的事件引發，當時作者將一小塊叫瑪德琳的蛋糕浸入一杯萊姆花茶，沁入其鼻的香味使他的記憶瞬間倒回過去。我們皆遭遇過類似的感覺，如果你在一片松林內失去貞操，在往後的日子裡，松樹的味道就會激發你的性慾。

　　費洛蒙係識別生物身份的自然分泌物，例如飛蛾能藉此得知在數英哩外的花園裡翩翩飛舞的配對。蝸牛可辨別其他蝸牛的痕

跡而平安返家。但人類卻大大地忽略了伴侶的體味。人們通常使用香水、古龍水及除臭劑掩蓋自然汗味，因為人會感到抱歉，但無論感覺自己如何迎合別人，只有體味及汗香最為真實。假使你曾將頭埋於情侶裙內體驗其存在，則你將明白就是這麼一回事了。

香料按摩

　　將帳篷裝滿各種不同香水、琥珀、麝香及各種香料如玫瑰、橙花、長壽花、茉莉花、風信子、康乃馨及其他植物等。之後，放置幾個裝著蘆薈油或龍涎香等的金香爐。接著，關上帳篷，使香氣不致外洩。之後，當覺得水中產生足夠的蒸汽時，坐在你的寶座上，派人請女預言家來到你的帳篷，她將與你獨處。她進駐帳後，將會吸入香氣，心情愉快、最後陶醉。兩性之間當到了如此飄然的地步時倘若請她將其至愛給你，她將毫不猶豫地照你的話去做。

　　上文源自著名的阿拉伯典籍《香園》，全書旨在致力於研發媚惑誘人的香料藝術。阿拉伯人是香味藝術的先驅，他們首先發現如何從香料植物中提取精油、自活麝貓及麝鹿的性腺中提取麝貓香及麝香。在今時今日，你可在家學習香料按摩的藝術，嘗試對伴侶使用誘惑性的香料、可應用香料植物的精油來全面療養身心，而在浴室或點精油燈的室內，可以強烈刺激的精油在身體上做性感的按摩。

　　香料的使用已有上千年的歷史，最早系統化使用可能源自中國。古印度的草醫學至今仍在使用，亦以植物精華治療感染，消炎及釋放緊張與鬱抑。

　　精油的作用原理至今仍無法得知。精油分子包含的揮發分子可溶於油或水，當釋入空氣中時，隨即被水珠吸收。在鼻頂端，它們被味覺神經細胞截獲並在此將其資訊傳至大腦。當抹於皮膚上時，香分子經由皮膚自然油脂或皮脂吸入體內。

香味誘惑

專業芳香療法按摩師會為不同的人量身設計平衡療法，但以家用而言，你大可依據香味的特性來選擇按摩油，有的可提神，有的則可安神。而有些則兼具兩者功效，通常這種按摩油總被認為能有效達到放鬆、興奮的狀態。理想之選擇為兼具對情侶有利之療效的催情油。撫慰且刺激，其濃香將帶來額外之快樂，使你的伴侶得到滿足。嘗試不同的按摩油，並加以積累收集，將來隨時可供你選擇適合自身的精神狀態及伴侶的要求。

油可以數種方式處理，在處理過程中亦是十分享受。不過按摩油應先以中性基油稀釋，千萬不可將純精油直接抹於皮膚，因為有可能因此會造成嚴重疼痛及燒傷。你也可購買調好的精油，但如使用濃縮精油，則它需以1：50的比例與杏仁油、杏油、榛子油或紅花油等底油混合。精油需保存於深黑色瓶中，瓶蓋旋緊、置於陰涼處。如曝於熱、光或空氣中，極易蒸發。

稀釋油可抹於臉部及身體，並用於皮膚上的擦拭或按摩。脊底及頸背為釋放緊張的最佳位置。你可直接從油瓶吸入精油，或在熱水碗中加入1至2滴，低頭對著碗，並用毛巾將你的臉覆蓋讓碗內的蒸汽不致快速流失。當用薄荷油或桉樹油舒解呼吸問題時，上述方法極為有效。享受油的另一方式是在浴盆中加入10滴精油。確定水溫對兩人均為合適，並分享長時間的放鬆浸泡。

需在室內或身體噴灑，在600毫升的水裡加入約五滴精油，並在噴霧瓶內使用香水。要在室內加入香氣，你亦可在散熱器附近的水碗中加入幾滴精油，或噴在附於標準燈泡上的特製環上。另一選擇則是將帶淺盤的燃油器置於蠟燭上。水倒入盤中，盤中滴入數滴你最愛的精油，接著點燃蠟燭，燭熱後蒸發精油，在空氣中散發誘人的香味。

蒸發用的精油

精油在燃油器中加溫的感覺極佳——精油粒子經由空氣擴散，香氣環繞在你的周圍。(參閱100頁的按摩用油)

羅勒 溫馨、辣味令人回想起印度陽光。羅勒油可提神並根除雜念。

安息香 萃取自黏稠的樹脂，有著香草般的氣味，能幫助滋潤呼吸系統。

佛手柑 此油來自一種類橙水果的皮，具有抗感染作用，在日光浴或使用太陽床之前不可抹於皮膚上，否則將產生斑點。

雪松 具有溫馨、木質的紫羅蘭味，有益於活膚及利尿。

洋甘菊 一種溫馨香料，具有放鬆、安神及散發輕度誘惑。有助於舒解壓力。

快樂鼠尾草 具有堅果般的花味，能產生真正的歡愉感，也有利於催情及消除月經疼痛和疲勞。

丁香 溫馨、味重的香料，具有麻醉及殺菌的特性。

絲柏 新鮮木質味道，具有放鬆作用，有助於血液循環。

尤加利 又稱「藍桉」或「桉樹」，一種抗菌劑，對改善呼吸問題有益。它可刺激神經系統並消除大腦雜念。

乳香 一種味重的木質香料。對於情緒可產生較好的放鬆、恢復活力及提神的效果。亦為一種較好的催情劑。

白松香 具有辛辣的味道，可沉澱及鎮壓情緒。

天竺葵 一種花香，具有激勵、誘惑及抗菌作用，可平衡膚色，舒解壓力。它亦具有催情特性。

茉莉 濃烈、奇異而挑情，具有提神作用，是經典用油。其催情作用受到高度評價。

杜松 木質鮮味，具有刺激與放鬆作用，有利於舒解壓力、疲勞及無

力。亦是一種催情劑。

薰衣草 一種熟悉的植物香氣。具有刺激、放鬆作用。其亦具抗菌及催情作用。

檸檬 味甘苦，類橙香味，具有刺激、放鬆作用。其亦具收斂抗菌效果。

檸檬香茅 檸檬香味，對出汗過度與偏頭痛有益，亦可用於沐浴時提神。

馬鬱蘭 一種濃烈的草本香味，可舒解偏頭痛，亦可用於沐浴時提神。

沒藥 類似樟腦的香味，萃取自中東地區的樹皮中所流出的樹脂。常被使用於宗教慶典和屍體防腐。具有抗菌和消炎的功效。

橙花 獨特溫馨的橙味，具有提神作用。對於舒緩壓力、緊張也有幫助。

甜橙 甜美的柑橘味，具有抗憂鬱及消除疲勞的特性。

廣藿香 一種惑人的原香，少量使用可緩和情緒，以催情聞名。

薄荷 具有激勵、提神、鎮痛及清醒頭腦。對疲勞、頭痛及經前不快症。它亦可舒解抑鬱。

松樹 新鮮、樹脂味，具有提神及抗菌作用。

玫瑰 濃烈的植物香味，具有滋補及催情作用，對改善皮膚老化有益，並可改善血液循環與呼吸。

迷迭香 有濃烈的樹脂香味，有利於消除疲勞、抑鬱及疼痛。

花梨木 味濃而提神的精油，可用於恢復精神。

檀香 麝香味，可提高性意識，既可鎮痛又可刺激。同時也可強化免疫系統，對於失眠的治療也很有幫助。

紅柑 新鮮的果香，能提升情趣和活力，對膚質也有幫助。

茶樹 強烈的藥味，對割傷、燒傷及皮疹極佳。

百里香 強而淡的香味，對舒緩疲勞、焦慮及頭痛有益，具有極強抗菌作用，用作漱口藥及治療皮膚炎。

依蘭 遠東異國香味，用於作愛的藥物。對刺激及鎮痛極為有效。

水乳交融

　　觸摸是一種簡單而豐富的交流方式——肯定、放心、恢復、舒適而重要。本章教你在伴侶關係中如何利用觸摸表達全部情感，自傳遞性愛前戲的日常溫情，到體驗不同性愛體位，都將取決於你的心情。

溫柔

在性愛關係中，觸摸至關重要。作為一種感覺，它多數是在床上快樂地體驗，而悲哀的是臥室之外常見不到。你對伴侶的觸摸是否常導致作愛？除非即將作愛，你會避免觸摸嗎？或身體如此放鬆在一起，而觸摸只是各種愛戀中的一種傳遞方式嗎？你是否會對伴侶依偎、鼻觸、擁抱、推擠、扭身及搔癢？你是暴力的，還是溫柔的？

在相互體貼的關係中，溫柔能容易地融入感覺，然後再到性慾。但性慾始終受制於在稍後較方便的時間方才得以滿足。但是，多數女人抱怨其伴侶始終覺得沒有性愛只有觸摸是不可能且尷尬的，甚至浪費時間。

為何男女不同

在人類居住在山洞的時候，男人是獵人與保護者，而女人是養護者及照顧者。為對應此些角色而發展的情感須有所不同。為生存，男人須堅強與主動。他們從事的身體接觸多較為粗糙。但女人的職責是養育下一代，無法承受不溫柔的對待。

今日，男性及女性的角色定義並不顯著。現代男人對子女的養育遠超過其祖先。但此種變化在人類歷史中僅在最近才出現，因而並未有足夠的時間充分讓溫柔、觸摸、體貼及傾聽等自然的氣質融入男性心理，是故許多女性抱怨在本質上並未有多少改變，許多男性也清楚他們未對其自然的女性一面進行探索。因而，男人的團體不斷增加，許多男人聚在一起談論感情而非探討問題及交流感想。當然，對同伴抑制自己的內心並非是每個男人的通病。至

少有一些「新男人」試圖長大，但大多數男人是屬於不善交流型，他們是不以觸摸或話語向別人表達自己情感的人，是最可能遭受壓力及由之引起的疾病。

男性身體以其強壯的體格，而發育為適合運動。當原始社會的男人出去獵食時，危險隨時存在。每次的危機使其腎上腺素在全身湧動，必須選擇「戰或逃」——人類祖先須馬上付諸行動以安然脫逃。

近年來，男性發現自己仍受縛於辦公桌或其他一般工作，此些工作並非像攻擊或奔跑一樣的大行動，而是涉及一些小任務的決定如敲擊鍵盤等。但荷爾蒙在其全身流動則是一致的，因此對危險的感覺亦相同。「我會失去客戶、合約或工作嗎？」很難自現代

職場上的巨大挫折感受得到身體放鬆。你無法逃跑與躲藏，亦不能揍扁老闆。腎上腺素上湧而身體被迫保持安靜，其結果可能引發身心疾病。

不慣於表達情感的男人，因而遭受雙重不利因素。在家受其配偶冷淡，工作上，面對的壓力其可能造成危及生命的疾病。

觸摸具有恢復作用

觸摸可打開自我表現的通道，按摩則可充分釋放壓力。情愛關係讓伴侶有機會彌補雙方之不平衡，如在床上表現良好，則在床外亦可成功。擁抱並非必須走向性愛，它並非一定是結合的訊號。它可表達樸然的舒適與親近。

健康的性

滿足的性愛關係將有助於增進健康，但性與健康及其涉及的層面則需要加以嚴肅對待。兩個主要相關層面是避孕與性傳播疾病（STD），其中特別是愛滋病。

愛滋病目前尚無有效療法，此病症通常在經長時間發病後致命。其因與愛滋病病毒HIV感染者進行未保護措施的性交引起感染。因其無立刻的症狀，故無法判斷哪些人已經被感染。此意謂著與新伴侶進行無保護措施的性交存在之風險。預防HIV病毒最有效的方法就是在每次性愛時使用保險套。不想戴保險套的配偶可做愛滋病檢測以確定兩人均未感染病毒。

如何使用保險套

保險套一般已捲好，末端有小孔可存放精液。依下列方法裝保險套：

- 擠壓套頭使空氣排出。
- 將套口套於龜頭上。
- 捲開保險套使其緊貼於陰莖。

在完全捲開時，保險套應伸展至陰莖根部，貼緊有如第二皮膚，並感到濕滑。射精後，細心取下保險套以防滲漏。首先，將陰莖自陰道拔出，小心將保險套握在陰莖上以防滑落。

接著取下並作處理。當然必須注意陰莖上的精液不會流入女子的陰道。

有些女人喜歡為其伴侶裝保險套。你可用唇舌協助將其捲入陰莖——但應避免以指甲或首飾觸碰保險套。

性慾

　　性慾是人類個性與人性的重要組成。性慾是一個創造力量——它不僅創造嬰兒，亦創造結合。許多伴侶最初由性吸引而結合，而當吸引仍在、性愛關係良好時，則性愛的結合將會更加深入。此既有生物之作用，亦具社會作用，因其使父母較可能一起生活照顧後代。

　　有些人的性慾較其他人強。過去男人曾被誤認為對性愛的考慮及需求較女人多。但實際上，各人的性慾不同，不同伴侶的亦不同。有些認為自己是被動的，性慾不強的人可能會在遇到合適的新情侶時大吃一驚。但強烈的性需求可由其他原因而非性慾引起，例如，它可由不安全感引發。如一方看似迷失，則另一方在床上突然變得容易催情。好的關係總是特別親密。

　　你多久會想做愛？有些人會回答：「一直」。有些伴侶經常一天至少做愛一次。有些則滿足於每週一次，甚至是每月一次。記住性愛並非是比賽，質量和感情最重要，數量則是無關緊要，最重要的是兩人的快樂。

性慾何時冷淡下來

　　當新的關係開始時，性慾總是十分高漲。但隨著關係的發展，特別兩人一起生活後，性需求或許仍保持迫切，但其他方面隨即產生。許多人強調對愛及陪伴的需求，與完全的性愛相同。

　　平均每週做愛二至三次看來較為快樂，只要有相同多的愛。

　　當一對配偶一起生活多年時，性慾或許會下降。假使這是雙方面都出現的的情況，那麼這並不影響彼此的關係。但問題若是

其中一方對另一方失去性慾。另一方會感覺沮喪、生氣、被拋棄，並誤解伴侶的忠誠度，並開始擔心伴侶的健康及精神狀態。作為人，若是自身的魅力減低、受尊崇度降低總會有所感覺。

性是生活的一部份，在關係良好時常被忽略，但一旦出現問題，它突然就變大了，並影響日常生活的其他方面。任何焦慮均會影響性慾，如孩子的問題、健康問題、事業或資金困難等。

有時失去性慾係導因於健康問題，如前列腺併發症、月經問題、背痛或其他虛弱病症。如身體健康正常，或許有心理上的原因。家庭內外的事情或許不會困擾你，但可能造成伴侶嚴重的無能，使其無法集中勃起或足夠潤滑。

出現上述情況時，就要嘗試與伴侶進行溝通。如某種壓力不可歸咎於性慾喪失，則可能是因為厭倦的緣故。當性愛已成為一方或雙方的例行公事，在同一時間、同一地點做同一件事。如出現此情況，那麼就需在你們的性愛生活中添加些趣味。

玩樂的場所

挑情的房間用於挑情的做愛。《印度愛經》提及「樂室」，對此做出全部說明。如你喜歡舒適的床，則將臥室佈置成充滿性吸引的氛圍。在床頭放些舒適的枕頭——它們可用作特別的布置。使用蠟燭，安全地裝飾於室內周圍，為室內營造出柔和的浪漫氣氛。再點上香料或香精油，如檀香油、廣藿香油或依蘭油（參閱54-59頁）以產生催情的作用。

冬天，位於火堆前的起居室具有上述所有的必備條件——溫馨浪漫。人造大地毯對裸體皮膚極為舒適，而沙發可用於你想嘗試的某些體位。色情錄影是發現興奮的安全之道，但或許不發現更好。開始時作為刺激觀賞，或在做愛時播放，將它作為色情背景。保持心情開闊與靈活是豐富性生活的關鍵，在嘗試不同體位時尤為如此。

廚房、臥室、樓梯均可嘗試。它們會產生與性行為無關的特別吸引，因為淫蕩所以極具挑情。

時機

據說時機不等男人，對女人亦然。倘若你確信隱私，為何需等到上床時間？如果你因任何原因感覺催情時，請將感覺告知你的伴侶。在恩愛緊密的伴侶關係中，若時機不對，她或他應會拒絕而不至造成一方尷尬或難受，若時機對兩人均合適，此為突破單調規律之良機。改變作息以適應你的性慾。若兩人均喜歡於早晨做愛，而早晨總是如此匆忙，可早睡早起。同樣地，若你較喜歡晚上做愛而上床時兩人均過於疲勞，那麼就請早點睡覺。晚上八點鐘上床並無不妥。

性愛體位

1 有時在東方被人稱為的
「劈竹」位，此為火堆前完
成身體性感按摩或口交的快樂
之道。

2 女子臥於男子之上，整個身體包括雙腿以「鏡像」覆蓋於男子身上。在插入時，女子上下移動同時刺激陰戶周圍。女子雙腿合於男子張開的雙腿內，或讓男子雙腿在其腿內合併，以此取得不同的感覺。女子可自此姿勢輕鬆坐起，在其前面伸展雙腿，並依靠在男子肩上。

3 豆袋及椅子的作用並不僅限於坐姿。它們在男子以虔誠的跪位插入時給予女子完全的支持。

4 由於此處需要適當的高
度，此體位可在不同房間
用不同傢俱做快樂嘗試。女子

抬腿並將雙腳置於男子肩上使
陰莖可被陰道深深夾住。

5 女子面朝下，男子自後插入。女子放一至兩個枕頭於臀下，以此增加插入的角度。

自此體位，女子可輕鬆地以四肢站起，或翻身至側面，同時仍保持完全性交。

6 古印度性文學將此體位描繪成「鹿」位。如插入可能對女子產生疼痛感覺，她可躺下成較舒適的臥姿。但有些女人覺得此方式像極動物而感到羞愧，但有些人則覺得此動作較有深度，也可產生高度興奮。

7 此體位有時被稱作「女士意願」，女子負責所有姿勢，並可根據自己意願延長伴侶的高潮。

8 兩人面對面，女子雙腿置於男子雙腿上使其插入。女子後仰，形成臥位，因兩人無法看到對方，性器官感覺將更為集中。

9 為人熟知的「傳教士位」，在所有體位中，此體位或許最風行。在插入同時，伴侶可擁抱、對視。它是一種放鬆的方式，特別是對男人在分享其他較激烈的動作之後所取得的高潮。

10 在吮陰莖（Fellatio）中，伴侶用其唇舌親吻、撫摸、吮吸陰莖。此或許是女人對男性身體最男性化的部位表達最親暱的方式。

在《印度愛經》中，它被稱作Lingam。

11 取得女性高潮最優雅
之方式是舔陰的溫柔

藝術。柔濕的唇舌用於以各種
慾望的方式來刺激陰蒂。

12 一種需要男人強大的頸、臂、及腿力的興奮體位。女子上下移動時緊抱男子。為保持身體舒適，在被放下至桌上或桌之前開始插入是一種有趣的方式。

13 此體位被稱作大腿位，來源於法語，此動作自後半插入體位仍可讓伴侶對視並面對面接吻。女子將其抬高的腿放在男人身上，而男人自其大腿下「悄悄地」插入。

14 在印度愛經中被稱作張開位，女子仰臥，雙腿靠在男人肩上。男子抬起女子臀部，用墊子來增加插入深度。印度愛經的一種變化是壓位。此動作將女子雙腿下放在男子胸前彎曲。

15 當兩人對性愛迫不急待時，以牆或緊閉的門做依靠。由女子輕抬一腿勾住男子來完成插入。

16 此體位在中國及日本被稱作鴛鴦，如印度之蛇位或西方的勺位。長期以來，廣受有重量問題伴侶的喜愛，它在孕期亦較為有用。伴侶雙方側臥，男子自後插入。

17 此體位完全由女子控制。有些男子喜歡被「佔有」而他們綁著雙手無所事事的想法。眼罩或可稍微增加此性戲的興奮度，因失去視力較會提高觸覺。

18 在溫馨的浴室內相互洗澡之後，有什麼可比快速流暢的性愛更為自然？兩人相互抽插，以此迅速漸增抽插次數。

19 中途插入可依順序開始或自一種體位元轉入另一體位時提供便利，不斷的接觸。女子可將其腿夾著男子並將其拉近，以使其插得更深。

20 男子插入時，斜躺在女子身上。在兩側輕搖時可增加美妙的性節奏。

21 女子仰臥於床上，男子輕跨女子，面對她的雙腳。女子向前伸手為其手淫，同時男子為女子手淫。因伴侶間看不見對方臉部，此體位可讓雙方完全專注於感覺。開始前，男子或許喜歡將其「鳥蛋」插入女子陰道以獲得特別的感覺。

坦陀羅性愛

　　坦陀羅源自兩個古代梵語，意謂擴展與自由。它是一種將性愛視為擴展與探索精神的佛教與印度教義形式。在坦陀羅中，你將五感的每一感都用至極限，任何可給予你及伴侶之快樂皆無所忌諱。其觀點是透過性結合進入你的身心而無罪惡感，將快樂化作

幸福並讓你全部的生命充滿活力，帶來神采奕奕並療癒身體。正如許多人已證明的，性能力具有改變生活的力量，讓你快樂，並給你帶來自信與自尊。

坦陀羅是一種整體與一體的哲學，坦陀羅建議男人探索其女性特徵，而女人則探索其男性特徵。鼓勵伴侶雙方保持身體的意識與健康，並將兩者結合。在以成功為取向的西方，高潮被視為性愛的目標，尤其男人更是如此認為。在坦陀羅中，女性的滿足與高潮極為重要，但男性的高潮應延後以使幸福得以延長。旅程是全部，而抵達之後，旅程即告結束。男人因射精而疲勞，故坦羅陀習者學習無射精的高潮。修煉坦陀羅的男人可像女人一樣擁有多次高潮與全身高潮。

技巧

男人有多種方式使其勃起、消退並延後射精：

- 保持完全靜止、放鬆性器及肛門處的肌肉，並以舌壓頂上顎。
- 保持靜止並進行有規則的深呼吸。
- 稍微拔出陰莖直至射精緊迫感消退，接著以九淺一深的方式交替插入。
- 以食指及拇指壓住肛門與陰囊中間的會陰，此事可由你或伴侶進行。

建議使用性學家馬斯特與強森發明的擠壓技巧，將拇指置於陰莖下側的小系帶上，食指及中指放在上側龜頭脊上，並擠壓10-15秒鐘，此事亦可由你或伴侶代為施做。

按摩

在多數西方文化中，按摩仍被當作一種選擇。而在許多具有整體生命哲學——思想、身體及精神合為一體的社會裡，按摩是一種規範。在此社會中，觸摸是生命本質。心理學家長期以來一直在探索按摩的益處。而科學界已證明某種愉快之觸覺刺激可釋放荷爾蒙——腦內嗎啡——它可促進舒適感並有助於康復。

按摩釋放壓力及肌肉緊張。它是一種強大的整體身心療法。若受到專業按摩師的按摩可達此效果，試想接受對你身體極為瞭解，可接觸他人不能接觸之部位的情侶，為你按摩令人興奮的可能性？

按摩地點

臥室是理想的按摩場所。但在考量多數的床過於柔軟(日式的蒲團尚可)的情形下，可以地板替代。將毛毯對折後鋪於地作墊，並蓋上一條大毛巾。

房間應保持舒適、溫馨、光線柔和——蠟燭可以營造氣氛。亦可根據個人需要使用香精蠟燭、薰香或精油（參閱54-9頁）來刺激情慾。音樂也是不可或缺，尤其是新世紀音樂，可事先錄製並持續長時間播放，可讓心情保持寧靜的理想狀態。在按摩期間，除非你的電話答錄機在錄音時不會撥放出來電者的聲音，為確保按摩時有完全的隱私，建議不妨將電話線拔掉。

按摩用品

身體流失熱量的速度十分驚人，特別在放鬆時。因此建議準備毛巾以備必要時可蓋住尚未按摩的身體部位，藉此保持體溫。

　　油能讓手在皮膚上流暢地滑動，一般的植物油亦很適合拿來做按摩使用，但你會發現一些經過配製的按摩油，是透過單獨或數種精油混合使用。

　　當加入底油用於按摩時，精油卻增加了刺激與鬆弛感，且許多精油具有催情的效用（參閱100-101頁）。但是切忌不能將精油直接抹在皮膚上，否則將造成嚴重的不適與灼傷。

按摩前的準備

按摩前可進行舒適的沐浴，共浴互洗的伴侶切忌需控制情緒以避免過度興奮，以增加按摩時雙方互相挑動的興致及對性慾的期待。

● 為防碰倒，可將精油放置於周遭安全的位置。在精油抹上身體前，首先將精油放在手中搓熱，因為冷油永遠不會刺激性慾。

● 確定伴侶以放鬆姿勢俯臥。開始前，自己先凝神，創造空間讓精氣，或生命神氣（瑜伽稱Prana）自身體流入指尖。以鼻深呼吸。屏氣數秒，然後用口呼出。呼氣時間儘量兩倍於吸氣。重覆但不得超過三次——如你不習慣於瑜伽呼吸，可能會使你感到頭暈。儘量將一切雜念清除出大腦。

● 用搖動放鬆手及腕，跪在伴侶的側邊，將背挺直，自骨盆開始按摩。

按摩手法

按摩中有幾種不同手法。以叩撫法，或剁、擊身體或許是許多人最先想到的手法，而性感按摩則可分以下三種：

● 輕撫法是一種長流式的按摩，抹油能增加效果。雙手以平穩壓力的方式輕緩地撫摸身體，這是剛開始按摩時放鬆的方式。

● 揉捏法或滾膚係為有節奏地拉起皮膚並擠壓的手法。與其名相反，如做法適當將可引起極大興奮。

● 推拿法以手掌摩擦，對放鬆四肢肌肉有極大有好處。手指集中用於小部位的節點以消除緊張。

按摩的優點

　　心理學家長期以來一直在探索按摩的益處。而科學界已證明某種愉快之觸覺刺激可釋放荷爾蒙——腦內嗎啡——它可促進舒適感並有助於康復。

　　按摩釋放壓力及肌肉緊張。它是一種強大的整體身心療法。若受到專業按摩師的按摩可達此效果，試想接受對你身體極為瞭解，可接觸他人不能接觸之部位的情侶，為你按摩令人興奮的可能性？或許你有了新的情侶，他或她渴望機會探索、崇拜及提供性治療。

　　準備按摩雖然很簡單，但仍應細心準備。

按摩精油

使用精油須注意不可超過推薦的用量，因為超量使用會引起反效果甚至引發毒害。再者，並非所有精油都適合每個人使用，建議在使用任何精油之前應進行皮膚測試，且在懷孕的三個月內不應使用按摩精油，超過三個月的孕婦若需使用經由建議應先向諮詢醫生。

舒緩性用油

精油類型	應用及功效	使用方法
玫瑰	安神 乾性肌膚適用 催情 催眠	沐浴時用於身體、臉部按摩
薰衣草	一般肌膚適用	沐浴時用於身體、臉部按摩
洋甘菊	乾性、敏感型肌膚適用 寧神	沐浴時用於身體、臉部按摩
依蘭	安神 嫩化肌膚 催情	沐浴時用於身體按摩
橙花	消除壓力 調理肌膚	身體及臉部的按摩
迷迭香	寧神	沐浴

刺激性用油

精油類型	應用及功效	使用方法
乳香	催情	沐浴時用於身體按摩
廣藿香	調理肌膚 催情	沐浴時用於身體按摩
天竺葵	催情 油性肌膚適用 注意：敏感性肌膚者請避免使用	沐浴時用於身體、臉部按摩
杜松莓	抗疲勞 提神	沐浴時用於身體按摩
佛手柑	熱天氣降溫 注意：請勿用於過敏性肌膚	沐浴時用於身體及臉部按摩
雪松	止癢 催情	沐浴時用於身體及臉部按摩
肉桂	刺激 催情 注意：使用時請酌量稀釋	身體按摩

背部按摩

- 開始時先抹油,以輕撫法的方式自下背部脊椎兩側往肩部按摩。雙手以飽滿的動作,沿著身體輪廓移動,手向上移時身體緩緩向前傾。

- 雙手向外移過兩邊的肩部,接著用手指輕滑而下到起始位置後停止。(可重覆上述動作數次)

- 可用揉捏的節奏來增加按摩的力道。向上撫摸時,使用手後跟,用手掌面輕輕滑拂至脊椎底,在脊關節的地方可採用點旋轉手指及拇指按壓的方式按摩。

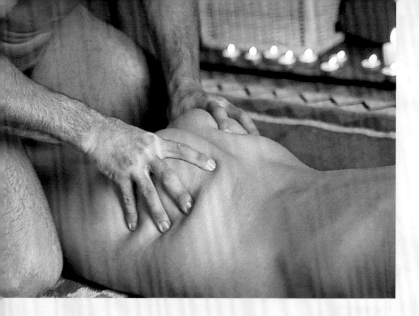

臀部按摩

- 首先將指尖放於臀部，肘指向外並用力下移，以手掌加壓按揉。
  沿臀部側面的輪廓，打開雙手分別將手腕放於臀底，接著將兩
  邊臀部向內擠壓。

- 開始加壓力往上移，倒轉手的動作使其會於出發點，指尖再次
  合併。對性器官亦會產生刺激的效果。

- 用輕撫法再次移上頸部及背部結束動作。

手部按摩

- 首先由肩部到手部，以長而飽滿的方式撫按。

- 將手握住並逐一輕拔五指。用你的無名指及食指在伴侶的各個手指兩邊滑動，再其手掌翻起，用拇指揉按。

- 手繞過伴侶的手臂，重覆擠壓向上移動的動作。手掌的掌面自肩部滑下至手腕，並將上述動作重覆數次。

- 以揉捏法均勻地按摩手臂。重複使用拇指，以輕撫的方式向下推進至手腕數次，再以雙手包住手臂緩慢滑下至伴侶的指尖處後結束。

胸部和腹部的按摩

● 首先在胸部上使用平穩的輕撫法，以圓周動作按摩胸部。

● 用手後跟，揉捏伴侶兩側上胸。

● 在胸部上重覆輕撫動作，接著向上按摩肩部上下側。用拇指按摩
  肩部下側，手指向自己的方向拉動，平穩地捏起以擠壓肌肉，再
  以長而輕的動作自肩部向下按摩胸部後結束。

腿部按摩

- 重複以手後跟用力向腳後跟方向揉捏腳弓,並用力的回按至趾球處。

- 在自腳後跟至腳趾旋間,以拇指小心仔細地旋轉足踝。

- 雙手置於腳踝兩側,用手指做圓周式的揉捏按摩。

- 輕緩地前後扳動腳趾,接著再逐個旋轉拉拔每個腳趾。讓伴侶的腳指在你的指間滑動並放鬆地落下。

- 以較大的按壓輕撫往上移至腹股溝,再回至起點輕撫腿部的內側。此動作可重覆數次,但可改由腿兩側向上輕撫。

- 用拇指用力揉捏大腿表面,並以另一手後跟揉捏兩側,同時另一手扶著腿做反向壓按,大腿背亦可重覆數次此動作。要特別留意的是在向上按摩時,需將腿稍稍抬高—— 一手在上,另一手在下。

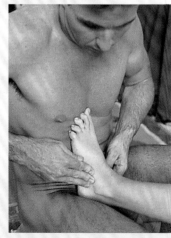

- 在大腿內側以揉捏法按摩至大腿外側頂端表面。
- 交替揉捏，接著用手指拿起並滾動小腿肌肉。最後，將雙手掌面自大腿頂端向下滑至腳趾。

水療

　　長久以來沐浴與諸多傳說及神話相關。埃及艷后著名的驢乳浴、早期的基督教視洗澡是一種異類發明，故並不熱衷於此。集體浴室的建造可回溯至羅馬期代，而在現代中每家各自擁有一個浴室則是一個相對於古代之理念。

　　沒有浴室，我們將在何處？除非與情侶一起分享快樂，否則任

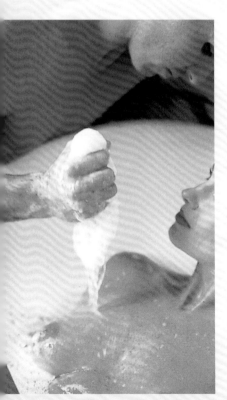

何事情皆無法和放鬆地浸泡釋放狂熱生活的苦悶與壓力，或以暢快的淋浴開始一天生活相媲美。

　　作為性愛的前奏，共浴格外令人感到歡愉。因為它不僅讓伴侶兩人感到十分舒爽，亦代表了一種結合的過程。在動物世界中，相互替對方修整儀容是一種拉近關係的親密行為，而此當然爾亦可用於人類伴侶。抹上肥皂的手在自己或情侶的肌膚上滑動是一種緩慢而美妙的感覺——是最柔情呵護的性前戲。

鴛鴦戲水

在浴盆裡加入幾滴你喜愛的精油，浴室隨即飄著情慾的香味，此種香味絕對可提高沐浴時間的情慾體驗，建議亦可嘗試味道特別濃郁的依蘭油、檀香油或廣藿香油。用絲瓜擦掉死皮後，接著以冷水淋浴，將使你興奮、容光煥發。或用刺激頭皮的洗髮水如迷迭香等相互洗頭，採指尖的旋轉動作自頸背向上至額頭、兩側來回按摩頭皮後沖洗。

也可在淋浴中用一些性遊戲來突顯你的身體部分。如急流的噴水對於疲勞疼痛的肌肉或許有益，但亦可刺激乳頭、陰蒂和陰莖。在此間也必須注意確保水壓及水溫適中，以免不小心噴入陰道造成傷害。亦可調整蓮蓬頭，找出讓情侶興奮及快樂的方向。

最後也可抹上保濕液，並為對方披上乾淨的浴巾後結束這段縱情的歡樂。

心靈傾聽

　　耳朵是平衡的工具，在融洽與不融洽之間能去加以調適。床上的談心使你能將真實感受及需求告訴伴侶，並分享信心與幻想。但與交談同等重要的是傾聽與理解，因為儘管男女說著同樣的語言，但彼此的表達方式卻不相同。本章將介紹如何更有效地增進兩性的了解與溝通。

床上交談

床可能是最佳交談場所。它是避風港，也是提供你復原與放鬆的私巢。在床上時思緒一湧進大腦，你便可將當下的感覺說出來，營造出自然而然的恬靜氛圍，也可卸下固定的交談模式的壓力，工作積累的壓力隨著一天的結束而消失。

有時提早上床交談極有好處。共浴之後包裹於大毛巾的你們，在被褥裡喝酒，緊貼著靠在枕頭上，這是笑談古今的好時光，亦是夢想與計劃的好時光。

床是信賴之地，而非是讓伴侶難過或受傷害的場所。它也是爭吵之後的和解場所，可消弭憤怒產生性愛。

化解問題

臥著、看著彼此的眼睛，床亦可成為伴侶間平靜地討論困擾的場所，更是情感與性愛問題的互助之地。由於男人對性與愛較難啟齒，談論常由女人帶頭。談論時試著保持坦誠，避免任何可能造成傷害的批評、指責、反責或比較。可以先談論自己的感覺、擔心及缺點來突破伴侶的心防。儘量多聽多說，因為有時男人對尚無法確認的情感需要時間來確定，因此須避免一昧的催促。

人的自信極為脆弱。假如你試圖影響它，將造成其急速倒退。對於敏感的話題，最好從無關緊要的小問題開始，接著用依偎睡覺讓伴侶卸下心防，而非將話語一次傾倒而出。一個敏感的伴侶會思考你的話語並得出自己的想法，你只需輕言呵護，避免尖聲或空洞的抱怨，將可使你們的關係重回軌道。

分享性幻想

有些伴侶喜歡在床上分享性幻想。在完全信任與接受的氛圍裡，分享性幻想會使人產生高度興奮，亦可減少壓抑並提高身心的親密度。但須注意的是你們分享所涉及的是一個夢幻虛擬的世界，假使伴侶的性幻想令你難過並因此產生爭吵，就失去了分享性幻想的意義。性幻想與真實的生活不同，因其不涉及責任問題。在幻想中，一切以幻想者的意願作取向，其他人無從介入，亦無法體會。幻想者只專注於腦海裡流動的畫面，在逐漸高漲的感覺中走向高潮。

如果你覺得受到伴侶性幻想的威脅，最好的方式就是不與其分享。聽到伴侶縱情於和你的好友或其同事的性幻想，除非你確信伴侶並無意將幻想轉化成現實，否則可能會令你感到既生氣又傷心。因此假如你願意，可從體驗他人的性幻想開始——而大量的色情書籍可幫助你進入狀態。

輕鬆入眠

夜裡無論何時上床，彼此卻仍有事未了？請記住古老的諺語：「吵架不超過一天」所傳達的道理。在此，我們談論的不是嚴肅的問題，而是如不解決將會潛藏內心，並或可使小事轉變成大爭吵。躺在伴侶身旁時，內心卻為其當天的言行抱怨不已，這並無益於當夜的睡眠。因為往往是一句簡單的「抱歉」便可消除兩人緊張，並引來「我也很抱歉」的回應。

隱私

一對情人初次見面時，彼此的愛意在空氣中彌漫，使他們不禁渴望能單獨相處。在初期階段，兩人可能急切地想了解對方，分開的時間顯得毫無意義，並且置工作義務、家人及朋友於不顧。當然，一旦確認了彼此的關係，情勢必然開始轉變，因為熟悉與乏味將漸漸削弱兩人間的興奮感。

隨後由於嬰兒的出生，關係的焦點便隨之轉移。一切的變化是如此迅速，兩人獨處的時間變得越來越少，甚至會忘記過去是如何一起獨處。

因此父母及一家之長的角色已取代了情侶及知己的角色，孩子、祖父母、外界朋友，及對利益、事業的擔憂、住房、上學及健康問題均會加大兩人的分歧。但事情並非必須如此發展，若能將想法稍加轉變，這種分歧的狀況將不至於產生過多的影響。在此需謹記，保持愛情活力的關鍵是盡可能常地單獨在一起。

孩子的需求

擁有孩子是十分歡愉的一刻，但也是重要轉變的時刻。畢竟即使生育再順利，配偶關係已不再相同，彼此生活的角色已經改變。他們的責任倍增，但隱私卻遞減。對於哺乳的婦女，曾經帶給情侶歡樂的乳房已經被賦予新的意義與功能。有些婦女即使在產後恢復期時，也很難將母親角色轉換成情人角色。新生兒需求較多，徹夜餵食極為勞累，因而新生兒的母親注意力必須集中於嬰兒，當然連帶使父親受到影響。在半夜，伴侶亦因嬰兒的哭鬧而醒來，且可能為新生兒的教養費用擔憂。但最重要的現在新生兒成

了伴侶生活的新重心，兩人的身心需求卻降到第二位。

當嬰兒成長為兒童時，或許因為家中還有其他新生嬰兒，因此小孩持續在瓜分父母的時間和情感。若能對此變化做出應變思考時，不但可繼續維持夫妻關係，且能讓彼此親密如同初催情人般。

在靈活的生活規範約束下成長，且隱私權受到尊重的孩子，對父母的隱私需求有較大的反應。此情況在家裡有前配偶的子女時尤為明顯，因為他們可能在經歷情感劇變後，變得憎恨父母與新的伴侶相處。

孩子的睡覺時間應規律，即使允許他們在自己的臥室內安靜地閱讀或玩耍，應告知孩子他們有特定的時間與父母相處，同樣地，父母亦有特定的時間相處。如此一來配偶將可在探索夫妻關係時期並保持其活力的「自由時間」。在此「自由時間」裡，可以自在談論彼此的感覺及近況，也許話題很容易涉及孩子及家庭計劃，但這類的話題最好放在其他時間討論。

抽出時間

　　一個月至少執行兩項特別的計劃。雇用保姆然後外出用餐、看電影或做孩子出生前你們一起做的事情。假如找不到保姆,也可以在婉拒親戚朋友拜訪後規劃一個浪漫的夜晚,進行舒適的共浴及性感按摩。在彼間,徵求對方的想法和需求,總之,慢慢投身於對方並重新點燃你的慾望。

你們倆說著相同的語言嗎？

多數伴侶未能有所突破係導因於缺乏適當的溝通。或許你們在交談，但你是否真正了解伴侶的意思？若我們想在詞典裡查一個詞，此詞之解釋可能較多，但就算再少也至少有兩個。我們說出的詞句或習慣用語的定義可由上下文確定，但事情並非總是如此——說話的節奏與身體語言可改變對方所接收到的句義。

性別差異

當男人與女人開始溝通時，存在一道因性別差異所構成的阻礙。兩性在成長環境及社會對其期待中產生差異。在婚姻關係中，兩人均需努力了解並超越此差異觀點，以使其達成同一目標。

男人常說女人不理性，係因於她們對事物的看待與討論方式

是基於情感。另一方面，男人被指為無情——以過份理性看待事物及伴侶關係。

女性的直覺不因問題被掩蓋而聞名。女人喜歡聽別人傾訴，但過去曾依賴母親直覺而必須達到要求的男人，常抱怨伴侶小題大作，或對瑣事過於情緒化。男人常患與壓力相關的疾病，但這些疾病其實本可用較開放的分析與解決問題去避免。

或許男女之間的最大差異係為多數女人不會像男人那樣規劃其生活，這或許是女人的阻礙，特別是帶孩子的女人，常需要同時從事或專注於幾件不同事務的事實。她們經常被迫「轉換角色」，即便是有家庭而無家務的職業婦女，亦常將午餐時間用於購買食物，或預約家庭牙醫或醫生。

另一方面，是多數的男人很清楚區分感情生活與工作生活，但職業婦女早期仍無法與家庭事務區分。她們如果未請假照顧病童，即使仍在工作崗位上，亦會心不在焉。一直以來，家庭事務未被視為問題，係受社會習俗中認為女人需持家的觀念影響，而有工作的男人也常以成長期時學會的方式來處理感情、行事。

無法交談

男女生活的基本的現實差異影響到他們的溝通。此在長期關係中尤為明顯，當伴侶雙方放棄早期共享的努力並扮演不同角色時，常會轉而依循傳統的觀念。

隨著長年來的個人變化，古諺語「想繼續就開始吧」在成長發展中的關係並不容易遵循。在均衡的配偶關係中，任何社會問題或 需求的新發展均需加以討論，並採用適用的部份，因為正是對它們有所忽視時，彼此才會產生溝通的問題。

我們知道有些伴侶極少交談，而有些伴侶常進行吵架甚至打架，兩種情況均不正常。儘管吵架比沈默的關係來的好，因為總有一天吵架會有機會聽到吵架聲，而沈默卻無此機會。與伴侶一起生活的時間長短並不會自 增加心靈感應的能力……。在問題的關係裡必須讓情感得到滿足，哪怕再細微的委屈亦可得到解決，且在其擴大之前越早越好。

提出問題

在分歧階段討論問題時，有機會可以用明智但非理性的方式來談論問題及傾聽問題。因為當提出的問題可能造成傷害或引起爭論時，將其壓制並非好的方式，因為抑制抱怨將會影響伴侶的交往，如突然爆發，反而會引起許多其他既與之無關甚至並非真實的問題。

面對難題並非單指意謂著處理伴侶關係之間所出現之問題。問題或許對伴侶關係有益，但若之前從未談及，伴侶將如何回應勢將令人分外擔憂。

在伴侶關係中，一個重要或必要的事項是必須有一方對另一方具有影響力，哪怕是間接的影響。任何地方都不會比性領域的影響來的更顯著，據說女人對性需求較有自信，但仍有諸多社會條件障礙需待破除，因此要通過此路途仍然漫長。

女人對於做重要決定毫無疑慮且在其生活領域採取主動的一方，或許仍礙於詢問其期待之性吸引的新特徵，特別是其伴侶從未在此方向表現出任何慾望。性愛在床上並無區分膽小與尷尬的位置。誰知道，當一方提出建議，或許會發現伴侶一直在同一思路上思考，但又同樣害怕提起。

安於現狀

　　有時兩人無需重大變化亦可在相互摩擦中感覺非常甜蜜,因此為何要「明知山有虎,偏向虎山行」?如「生活中的摩擦」是配偶所需要的,那即是根本之源。

　　然而,有些人將日常生活中的改變視作挑戰及倍受歡迎的刺激。為了保持和諧關係,有些人需要積極鼓勵變化。一些人則討厭它。他們覺得改變是個不折不扣的惡夢,只要有可能需盡量避免。如你的伴侶討厭變化,而你願意加入對關係產生重大影響的新事物時,那麼你就必須施展你的交流技巧,再者是它值得你去做。

索引